한국 희곡 명작선 130

벚꽃 피는 집

한국 희곡 명작선 130

벚꽃 피는 집

정민찬

평민사

정민찬

벚꽃 피는 집

존경하고 사랑하는 당신들과
연극할 그날을 위해.

등장인물

엄 마 : 여, 50대 후반
재 연 : 여, 고등학교 3학년
규 선 : 남, 고등학교 3학년
우 진 : 남, 고등학교 2학년
미 영 : 여, 고등학교 1학년
수 지 : 여, 중학교 3학년
종 현 : 남, 중학교 3학년

때

현재

무대

마당이 있는 집 한 채. 왼편 마당에 벚나무 한 그루가 심어져 있다. 그 옆으로 마리아상이 있다. 그 앞에 아주 오래된 벤치가 하나 놓여있다. 벤치를 마주 보면 현관 대문이 있는데, 대문 옆에 삐뚤빼뚤한 글씨체로 '벚꽃 피는 집'이라 쓰인 간판이 달려있다. 집으로 들어가면 큰 거실 겸 식당에 커다란 식탁에 의자가 7개 놓여있고, 오른편 끝에 주방 살림들이 있다. 뒤편으로 각자의 방과 화장실로 향하는 출입문이 있다. 거실 벽에 커다란 가족사진이 걸려있다.

프롤로그

마당, 종현이 '벚꽃 피는 집'에 들어온다. 마당을 지나 들어가려다 머뭇거리더니, 마당 벤치에 앉는다.

종현   (한숨) …

1장

이른 아침. 냉장고를 열고 애호박을 꺼내는 엄마. 탁탁탁, 칼질하는 소리가 들린다. 찌개를 끓이는 중이다. 규선이가 식당으로 나온다.

규선   엄마, 안녕히 주무셨어요.
엄마   응, 잘 잤어?

규선, 화장실로 들어간다. 종현이 조심스레 식당으로 나온다.

종현   안녕히 주무셨어요.
엄마   응, 잘 잤냐? 일찍도 일어났네. 잠자리는 어때? 밥 먹어야

지? 화장실 가서 씻어야하는데. 이미 남자화장실은 규선
이가 쓰고 있어. 조금 기다려.

종현 (웃음) …

엄마 아, 미안. 내가 성질이 급해서. 궁금하면 못 참기도 하고.
걱정도 되니까… 잘 적응했으면 좋겠으니까 괜히 말도 많
아지고. 헤헤.

종현 그럭저럭 잘 잤어요.

엄마 아, 그래? 여기 앉아서 조금만 기다려. 다들 이제 난리가
날 거다.

종현 네… 아주머… 수녀님은 몇 시에 일어나셔요?

엄마 나? 새벽에 기도드리고 다시 오니까. 4시쯤?

종현 아…

엄마 익숙해지면 별 거 아냐.

재연이 방에서 나온다. 종현, 식탁에 놓여있는 물을 마신다.

재연 엄마, 오늘 내가 아침 당번인데?

엄마 그냥 일어난 김에 좀 하려고.

재연 뭐야, 그러면 순서 다 꼬일 텐데.

엄마 어차피 종현이도 왔으니까 새로 짜야 해.

재연 내가 할게. 지금이라도 줘.

엄마 아냐, 엄마가 해 줄게.

재연 (단호히) 엄마. 내가 할게.

엄마   내가 한다고. 종현이도 새로 왔고. 나 텃밭 가서 고추 좀
　　　　따올게.

재연   음. 내가 가?

엄마   아니! 오늘 날도 너무 좋아서 내가 나갈거지롱.

재연   찌개 내가 할까?

엄마   아냐. 지금 간 봤는데, 아주 딱이야.

엄마가 집 밖으로 나가 뒷마당으로 간다. 재연, 눈치 보다 주방으
로 가 찌개를 맛본다.

재연   어우. 세상에. 야, 이리 와서 먹어봐.

종현, 자리에서 일어나 주방 쪽으로 가 찌개를 맛본다.

종현   커헉.

재연   너 망 좀 봐봐.

종현   예?

재연   빨리.

종현이 얼결에 망을 본다. 재연, 찬장 저 안쪽 깊은 곳을 뒤진다.

재연   다시다, 다시다 어딨지? (찾다가) 찾았다. 이거라도 넣어야
　　　　해. (넣고 맛보며) 음. 됐어.

재연, 식탁에 앉아 화장을 시작한다.

재연   야, 너 뭐해?

종현   망보고… 있는데…

재연   망을 언제까지 봐. 야 너 이리 와봐.

종현   예?

재연   눈썹, 눈썹!

재연, 종현의 눈썹을 그린다.

재연   (멀리) 수지야! 일어나!

수지   (방에서) 아, 5분만.

재연   빨리 일어나라! 너 늦는다.

재연이 소리를 지르며 깨우는데, 우진이 방에서 나온다.

우진   야- 우리 막둥이 잘 잤어?

종현   아… 네.

우진   (재연에게) 잘 잤냐?

재연   말 걸지 마, 아가리똥내 나.

우진   뭐야. 아침부터.

재연   평소에 안 하던 짓을 하니까 그렇지. 웬 아침인사?

우진   종현이 왔으니까, 응? 좋은 식구들의 모습을, 응?

재연	놀고 있네. 애들이나 깨워.
우진	내버려 둬. 지각도 해봐야 지들도 배우고 그러는 거지. 응? 안 그러냐, 종현아?
종현	네.

우진, 종현에게 말하며 화장실로 가려는데.

종현	(조용히) 사람… 있는데.
우진	응? 뭐?
종현	아, 사람… 있어요.
우진	누구, 최규선? 에이씨. 무슨 똥을 맨날 20분씩 싸. 짜증나. 야, 빨리 나와!
재연	조수지!! 일어나라고!!
규선	(화장실에서) 기다려—

미영, 방에서 나온다. 유일하게 모든 준비를 마쳤다.

재연	(들어가며) 미영아, 찌개 불 좀 줄여놔.
우진	잘 잤어, 미영아?
미영	응.
우진	너는 뭔 말을 이렇게 짧게 하냐. 재미없게.
미영	오빠.
우진	왜?

미영	입에서 똥내 나서 그래.
종현	(터지는 웃음을 참는다) …
우진	뒤질래?
종현	죄송해요.
우진	아, 너 말고. 쟤.
미영	이 오빠 안 될 사람이네? 왜 막둥이 기를 죽여.
종현	(막둥이?) …?
우진	뭘 기를 죽여, 기 죽을까봐 잘 해주고 있구만.
종현	(웃음) …
미영	표정 봐. 얼었잖아. 오빠 때문에.
우진	와, 나 진짜 못 참겠다. 야! 쫌!!
미영	그냥 여자 화장실 써. 지금 비었잖아.
우진	쓰면 누나가 가만히 있겠냐?
미영	그냥 써. 급하면.
우진	저번에도 썼다가 난리 났다고!
재연	(방에서) 진짜 맞아야 정신을 차릴까? 빨리 안 일어나면 너 지각한다고 몇 번 말해!
수지	(방에서) 언니. 나 진짜 아침밥 안 먹는다고! 살 빼야 돼.
재연	(방에서) 놀고 있네. 야, 이불 개고 나와!
수지	(방에서) 짜증나! 언니랑 절교야!
재연	(방에서) 뒤질래, 미친 (욕설 난무)…
수지	(방에서) 으악!! 살려줘!

우진, 소변을 참지 못해 몸을 배배 꼬고 난리가 났다.

우진   야.

규선   기다려

우진   야!

규선   기다려

미영   좀 시끄럽지?

종현   … 네.

미영   원래 이래.

변기 내리는 소리가 들리고 규선이 나온다. 후다닥 들어가는 우진.

규선   너는 형한테 '야'가 뭐냐, '야'가?

우진   (화장실로 가며) 야, 니 빠른이잖아. 나랑 2개월밖에 차이 안
         나면서!

규선   내 친구들은 다 고3이다.

우진   그건 네 친구들이고! 아우 똥 냄새. 아니, 집에서 똑같은
         거 처먹는데. 와. 와. 진짜. 사람 새끼야, 짐승 새끼야.

규선   야!

재연   (방에서 나오며) 문 잘 닫아라. 여기까지 냄새 퍼져.

규선. 신문 사설을 본다. 엄마가 텃밭에서 채소를 가지고 들어온다.

엄마   오, 불 줄여놨네? 센스. (맛보고) 음. 역시 찌개는 오래 끓여
         야 맛있어. (식탁을 보고) 간 좀 볼래?

규선   엄마가 끓인 거야?

엄마   응.

규선   그럼 괜찮아.

미영   // 나도. 이따 먹을게.

엄마   종현이, 먹어 볼래?

종현   저 아침을 잘 안 먹어서…

재연   내가 먹어 볼게. (맛보고) 음. 괜찮네.

미영과 규선 놀라서 서로를 쳐다본다. 재연이 종현에게 눈짓하고
종현이 조금 웃는다. 재연이 밥상을 차리고, 미영이 돕는다.

수지   (황급히 나오며) 엄마! 나 교복 안 다려줬어?

엄마   응.

수지   아, 뭐야! 어제 좀 다려달라고 부탁했잖아!

엄마   네가 부탁한 거지, 내가 들어줘야 할 의무는 없잖아.

수지   무슨 남처럼 얘기하냐?

엄마   남이고 싶다.

수지   (잔뜩 구겨진 교복을 들어 보이며) 아이씨. 이걸 어떻게 입어.

재연   야, 이리 줘. 내가 빨리 다려줄게.

엄마   도와주지 말어. 그러니까 쟤가 자꾸 부탁하려는 거야.

수지   엄마!

엄마	네가 하던지, 그냥 가던지.
수지	나 밥 안 먹어.
엄마	지랄! 이 쌍노무 새끼! (등짝 때리고) 밥은 거르지 말고 챙겨 먹어야지. 나중에 누가 챙겨줄 것 같어? 귀찮다고 끼니를 미루고 난리여? 빨리 빨리 안 쳐 일어나더니 쌤통이다 아주. 으휴-
수지	엄마는 맨날 욕만 해.
엄마	니들도 니들 같은 자식새끼들 키워봐라, 욕이 나오나 안 나오나.
미영	수지야, 그거 밥 먹고 금방 다려줄게.
수지	응, 언니. 고마워.
규선	김우진! 빨리 나와!!
엄마	김우진! 야 이 개자식아! 빨리 안 나오니!

우진, 화장실에서 나온다.

| 우진 | 엄마, 욕 좀 그만해. 내가 개자식이면 엄마가 개야? |
| 엄마 | 어떻게 알았냐. 난 하느님이 나은 실패작, 제대로 된 개놈 이지. (웃음) |

엄마가 집안을 휘저으며 돌아다닌다. 모두 웃음이 터진다. 식구들 이 모두 자리에 앉는다.

엄마	오늘 대표로 누가 할래?
우진	아우, 귀찮아.
엄마	콱! 씨!

식구들 갑자기 '가위 바위 보'를 한다. 종현이 진다. 당황하는 종현.

엄마	식전기도, 알려줄게. 엄마 따라 하면 돼.
종현	아… (일어서며) 네.
엄마	주님.
종현	주님.
엄마	은혜로이 내려주신 이 음식과
종현	은혜로이 내려주신 이 음식과…
엄마	저희에게 강복하소서.
종현	…
엄마	저희에게 강복하소서.
종현	저희… 안 해도 돼요?
엄마	그래. 누구든 하면 되니까. 음식에 대한 감사한 마음만 있다면.

식구들 종현의 반응에 놀라지만 티 내지 않으려 노력한다. 엄마가 기도를 시작한다.

엄마	주님, 은혜로이 내려주신 이 음식과 저희에게 강복하소서.

우리 주 그리스도를 통하여 비나이다.

식구들 아멘. (성호를 긋는다) 잘 먹겠습니다.

우진 엄마, 햄 없어?

재연 주는 대로 드셔요.

미영 // 저 오빠 진짜 초딩 같아.

수지 (찌개를 먹다가) 어? 웬일로 맛있네?

재연 내가 간 좀 봤어.

엄마 뭔 간을 봐. 내가 다 끓였지.

우진 엄마 음식 못 하잖아. 맛없어.

엄마 먹지 마.

우진 (둘러대며) 그런 게 아니고. 엄마 마음 충분히 아니까 요리 는 쉬어도 돼.

모두 동의하는 듯.

엄마 뭐야, 너희도 그렇게 생각해?

재연 (말을 돌리며) 종현아, 이것 좀 먹어.

규선 그래, 종현아. 많이 먹어.

엄마 이것들이.

수지 종현님은 몇 살이에요?

종현 저, 중3…

수지 나랑 동갑이야?… 당연히 오빠 줄 알았는데…

종현 아… 왜요?

수지	아냐. 같이 다니면 되겠네. 아주 든든하겠어. (웃음) 학교 언제부터 가?
엄마	다음 주 월요일.
수지	나랑 같은 반이면 좋겠다.
우진	엄마, 종현인 어디서 온 거야?
엄마	그게 뭐 중요하냐, 지금 우리랑 있단 게 중허지.
미영	맞아. 그게 중요하지.
종현	(아무렇지 않은 척) 다른 보육원에서 왔어요. 도망쳤어요. 너무 때려서.
재연	요즘도 그런 데가 있어?
종현	그러게요.

사이.
식구들, 가슴 한쪽에 돌을 얹은 것처럼 마음이 무겁다.

규선	잘 먹었습니다. 엄마, 난 먼저 갈게.
엄마	응.
규선	어머니, 다녀오겠습니다. 종현아, 벚꽃 피는 집에 온 걸 환영해.

규선이 가방을 메고 등교한다.

| 우진 | 차-암- 쟤는 학교가 뭐가 그렇게 좋을까. 맨 학교에 붙어 |

서 공부만 하고. 안 맞아.

엄마 형이라고 해 짜샤. 족보 꼬여.

재연 쟤도 너랑 안 맞는다고 생각할걸?

미영 정답.

수지 이 오빠 눈치가 없나?

우진 너희 나 싫어하지?

엄마 넌 어떻게 하면 학교에 안 붙어 있을까, 그 궁리뿐이지.

우진 난 기술 배워서 빨리 돈 벌 거야. 학교 필요 없어!

수지 엄마, 나 고등학교 어디 가지? 그냥 재연언니처럼 실업계 갈까?

엄마 천천히 생각해. 네가 행복할 수 있는 일 정하는 건데.

재연 생각보다 얼마 안 남긴 했어.

우진 넌 공부 잘하니까 '임문계' 가.

수지 뭐라고?

우진 '시럽계' 가지 말고, '임문계' 가라고.

수지 오빠 인문계 맞춤법 뭐게?

우진 뭐가?

엄마 너 딱 말해봐. 인문계 맞춤법 뭐야?

우진 또 무시하네, 진짜. 나 웹툰 많이 봐서 맞춤법은 알아.

미영 말해줘, 제발. 정떨어지기 전에.

우진 하… 난 진짜 이렇게 무시당하는 기분 너무 싫어. … 임.

엄마 됐다.

수지 // 어유, 저 똥멍청이.

미영   // 소름.

종현   // 푸흡.

엄마   넌 아침밥 그만 처먹고 제발 학교 가서 공부나 해 짜샤!

우진   에이씨, 다 나한테만 난리야!

우진, 툴툴거리며 가방을 멘다. 식구들 모두 식탁 뒷정리를 한다.

수지   언니, 나 교복 좀.

미영   아! 빨리 줘.

미영과 수지, 방으로 급히 들어간다. 종현, 무엇을 해야 할지 눈치 보고 있다.

종현   뭐 도와드릴까요?

우진   걍 쉬어. 적응 좀 하면 그때부터 해.

재연   원래 아침준비는 우리가 하고 뒷정리는 엄마가 해.

종현   아, 그래도…

재연   너 근데 진짜 인문계, 실업계 모르냐?

우진   알아! 잠깐 헷갈린 거야!

재연   동생들 앞에서 잘한다. 쪽팔려.

우진   참나, 누나도 모르잖아. 아까 한-마디도 안 하더라? 난 알지.

재연   뭘 알아!

우진	실업계 맞춤법 뭐야.
재연	허, 참. 시! 시-럽, 계!
우진	오, 이건 아네?
재연	내가 넌 줄 아냐?
엄마	너네 이렇게 여유로워도 괜찮냐?
재연	엄마야! 진짜 그러네!
우진	괜찮아. 지각하면 혼나면 되지.
재연	야, 빨리 와. 괜히 일 좀 만들지 말고.
우진	양치는!
재연	넌 해도 냄새나. 시간 없어. 다녀오겠습니다.
우진	엄마 빠이-! 종현 빠이-!

우진과 재연이 서둘러 짐을 챙겨 집 밖으로 퇴장.

미영	(나오며) 너 교복 다리다가 늦게 생겼다. 오늘 쫌 일찍 가야 했는데.
수지	쏘리쏘리. 가자.
미영	엄마, 다녀오겠습니다.
수지	엄마, 다녀올게요. (종현에게) 야, 이따 봐.
엄마	(나서며) 차 조심하고!
종현	안녕히 가세요.
수지	(마당에서) 쟤 왜 존댓말 해 나한테?
미영	나한테 한 건가?

수지와 미영도 등교를 하고, 집안에 남은 엄마와 종현.

종현　뒷정리, 도와드릴까요?

엄마　내가 할 거야.

종현　그래도…

엄마　내가 할 일이야. 식구들이랑 그렇게 정했거든.

종현　아…

엄마　그러면 수건 개는 것 좀 도와줄래? 뒷마당에 있어.

종현　네.

종현, 수건을 가지러 나가고 엄마가 그 모습을 잠시 지켜본다. 성호를 긋는 엄마. 잠시 후, 뒷정리를 시작한다. 종현이 수건을 가지고 들어온다.

엄마　봄 날씨가 너무 좋아서 빨래가 금방 말라. 밖에 넌 빨래, 사람 기분 좋게 만들지 않냐? 잘 마른 옷에 햇빛 냄새도 나고.

종현　햇빛 냄새요?

엄마　있잖아. 그런 거. 햇빛 냄새. 모르나?

종현　(맡아보며) 음… 알 것 같아요. 햇빛 냄새.

엄마　기분 좋지! … 잠자리는 안 불편해? 여기는 같이 사니까 조금 적응하기 어려울 수도 있어. 규선이가 코를 엄청 골 텐데.

22

종현   전에 있던 곳에서도 그랬어서 괜찮아요.

엄마   전에 있던 데… 거기서 너한테 많이 못되게 굴었어?

종현   …

엄마   하느님의 귀한 양을 왜 그랬을까.

종현   양은 아니었나 보죠.

엄마   (물을 끄고) … 닭인가?

종현   (냉소적이고 방어적으로) 제가 잘못했으니까 맞았겠죠. 어릴 때 보육원에 있다가 한 번 입양됐는데 그분한테 사정이 생겨서 다시 보육원으로 갔어요. 잘못하면 맞아야 한댔어요. 그래야 올바른 사람이 될 수 있다고.

엄마   그 누구도, 그 어떤 이유로도 너를 때릴 순 없어. 넌 귀한 사람이야.

종현   (차가운 칼날이 박힌 목소리로) 거기서도 비슷한 말을 했었어요.

    엄마, 잠시 숨을 멈춘다. 수많은 감정과 생각들이 종현과 엄마를 덮친다.

    긴 사이.

    엄마, 종현을 안아주려 다가가는데.

종현   괜찮아요.

엄마   …

종현   괜찮아요, 수녀님.

엄마   그래! 야, 되게 무안하네.

종현   죄송해요.

엄마   즐.

암전.

2장

주말 오후. 거실에서 우진과 종현이 식탁과 의자를 정리하고 있다.
식구들이 분주히 청소중이다. 방 안쪽 멀리 청소기 돌리는 소리.

우진   종현아. 여기 의자를 다 올리면 돼.

종현   네.

우진   한다. 하나, 둘, 셋.

잘 맞지 않는 타이밍.

우진   셋하면 들어야지.

다시 잘 안 맞는 타이밍.

우진   다시 하나, 둘, 셋!

식탁을 옆으로 빼는 우진과 종현.

우진　됐다. 종현아. 좀만 쉬었다가 가자.

종현　네? 저기 일하고 계시는데…

우진　야, 괜찮아. 응? 내가 다 책임질게.

종현　네.

우진　넌 언제까지 존댓말 할 거냐? 응? 불편해 죽겠네.

종현　네? 아, 전 이게 편한데요.

우진　내가 불편해서 그래, 내가! 응? 식구끼리 그게 뭐냐? 들어온 지 벌써 한 달이야.

종현　그냥 뭐… (웃어버린다)

우진　그래, 다른 사람한테 내가 원하는 걸 강요하면 안 되지. 엄마한테 그렇게 배웠으니까.

종현　… (화제를 돌리며) 저 간판은 누가 쓴 거예요?

우진　저거? 왜?

종현　그냥 뭐….

우진　넌 뭐 그렇게 그냥이 많냐?

종현　(습관적으로) 죄송합니다.

우진　또 죄송하다고 하네? 응?

종현　형은 왜 그렇게 응?이 많아요?

우진　응? 내가 뭘?

종현　방금도. 말끝마다 응? 응? 그러시잖아요.

우진　응? 오 뭐야, 방금도 응? 했네. 나 몰랐는데!

종현	(웃는다)
우진	우와, 신기하네. 나 진짜 몰랐어.
종현	자주… 그래요.
우진	어떻게 알았냐. 예리하네.
종현	이 사람 저 사람, 여기- 저기 보는 거 재밌으니까… (간판을 가리키며) 저것도…
우진	저게? 저게 재밌어?
종현	네. 보육원이랑 안 맞는 느낌이랄까. 삐뚤빼뚤.
우진	왜? 예쁘기만 한데?
종현	누가 쓴 건데요?
우진	식구들끼리 돌아가면서 글씨를 써.
종현	간판을요?
우진	예전에 우리 어릴 때, 왜 어린애들 계속 낙서하고 그렇잖아. 응? 그때 어렸을 때니까 전부 다 이곳저곳에 낙서하고 다녀서, 엄마 머리가 빡 돈 거야. 야!! 소릴 질렀지 엄마가.
종현	(웃는다) 상상된다.
우진	엄청 혼날 줄 알았는데 다음날에 새 간판을 들고 와서, 응? '우리가 직접 이 간판을 그리고 써서 만들어 보자.' 라고 하셨어.
종현	아… 저건 그럼 엄청 애기 때 쓴 거구나. 귀여워요. 글씨가 삐뚤빼뚤.
우진	아냐, 너 온다고 새로 바꼈어.
종현	아-하-! 그럼 유아반에서 써준 거예요?

우진	내가 썼어. 저번 주에.
종현	…
우진	들어가자.
종현	죄송해요.
우진	아냐, 내가 잘못한 건데 뭐. (이불을 끌어안고) 안 들어 가냐?
종현	몰랐어요.

우진. 먼저 들어가고 종현이 뒤따라 집안으로 들어간다. 엄마가 방에서 청소기를 들고 나온다. 우진을 노려보는 엄마.

엄마	으이구 징그러. 그러니까 평소에 환기 좀 시켜두면 좀 좋아. 저 남자들 방에 냄새나는 꼬라지 좀 봐. 어우. 홀애비 냄새 나!
우진	왜 날 쳐다보면서 말해?
엄마	지 몸뚱이만 잘 씻지. 지 방은 청소…
우진	뭐야. 갑자기!
엄마	네가 들어가서 방구석 좀 봐라. 저게 돼지우린지 사람 사는 방인지!
종현	… (피식)
우진	아, 왜 나한테만 뭐라고 해!
엄마	그럼 너한테 뭐라 하지 누구한테 뭐라 해!
우진	최규선도 방 안 치워. 맨날 내가 치우는데. 아이고 하느님, 억울해죽겠네.

엄마	규선이는 고3이잖아! 안 그래도 수능 공부하느라 바쁜데. 걔 책상에는 책밖에 없더라! 그리고 형한테 왜 자꾸 규선이, 규선이 그러는 거야? 꼬우면 일찍 태어나던가. 또! 무슨 맨날 네가 치워, 치우기는! 쓰레기통엔 쓰레기가 한가득이고. 창문 하나도 안 열어서 남자들 냄새나고.
우진	엄마. 했던 말 또 하면 잔소리인 거 알지?
엄마	잔소리 안 하게 생겼냐!! 종현아. 네 형 좀 봐라. 나중에 저렇게 되지 마라.
종현	제가 치웠어야 하는데, 죄송합니다.
우진	잠깐. 왜 막둥이한텐 뭐라 안 해?
엄마	(청소기를 들이밀며) 막둥이니까!
우진	엄마는 맨날 나만 미워해!
엄마	(종현에게) 형이란 게 저 말하는 꼴 좀 봐. 저게 고2나 되가지고 할 말이냐?
종현	제가 잘 치울게요.
우진	(억울하게) 얘도 안 치웠잖아! 너 왜 갑자기 엄마 앞에서 착한 척해!

재연과 미영이 뒷마당에서 빨래를 한 아름 안고 나온다.

재연	잘하는 짓이다. 동생 앞에서.
우진	아오! 빡쳐. 최규선 오기만 해봐, 응? 가만 안 둬.
미영	잔말 말고 청소기나 돌려.

종현 도와드릴게요.

우진 나만 만만해. 내가 제일 만만하지 여기서?

엄마, 다시 방으로 들어가 청소기를 우진에게 주고, 우진이가 청소기를 돌린다. 식구들은 모두 빨래를 갠다. 간간히 엄마의 어이구, 어이구 소리.

우진 나 안 해.

재연 야, 다 돌렸어?

우진 다했어. 한 바퀴 다 돌았잖아.

재연 먼지 나오기만 해라.

우진 야, 종현아. 형이 아무 말도 안하니까 다들 내가 만만한가 봐. 형이 본때를 보여줄게.

엄마, 2층에서 나온다. 우진의 양말을 들고 있다.

엄마 아이고, 바쁘다. 우진이랑 종현이는 저 창고 정리. 미영이는 화장실에서 걸레 좀 빨아서 방 좀 닦고. 할 일이 많다! 이동!

식구들 네엡!

우진 종현아, 얌전한 고양이가 오뚜막에 올라가는 거야. 알지?

재연이 빨래바구니를 들고 방으로 가는데.

엄마	재연아. 너 생리대나 있으면 좀 줘봐.
재연	(휘둥그레) 엄마 아직도 생리해? (일어나며) 난 엄마 폐경인줄 알았는데….
엄마	얘가 엄마한테 못 하는 말이 없어. 빨리 줘봐.
재연	그거 2층 화장실 선반에 있어.
엄마	(가다 말고) 너는 입양가라고 하면 갈 거냐?
재연	입양? 웬 입양?
엄마	그냥.
재연	무슨 입양이야. 이제 다 컸는데. 그리고 나한테 이렇게 좋은 엄마가 있는데 뭐 하러.
엄마	이제 열아홉밖에 안 됐으면서. 너, 생일도 얼마 안 남았잖아. 뭐 먹고 살 건데?
재연	아직 고민 중.
엄마	내가 그래서 하는 말이다. 하느님께서 나한테 너희라는 복을 주셨다만, 너흰 성인이 되면 내 품에서 벗어나야 하는 게 하느님이 정한 뜻이야.
재연	그게 왜 하느님이 정한 뜻이냐? 나라에서 그렇게 정한 거지.
엄마	으이구, 기집애. 이제 나이 먹었다고 한마디도 안 져요.
재연	뭔데? 왜 그러는데?

화장실로 향하는 엄마. 재연, 빨랫감에 주머니를 확인하는데 수지
옷 안주머니에서 담뱃갑이 나온다.

재연   이 기집애가 벌써부터.

우진과 종현이 들어온다. 재연, 얼른 집어넣는다. 미영이 걸레질을
하러 나오고. 모두 담배를 본다.

우진   뭐야, 네 거야?

재연   (조용히) 나 아냐.

우진   (조용히) 엄마 보면 어쩌려고. 빨리 치워.

재연   (조용히) 조수지 이게 미쳐가지고, 어린 게 담배를 펴.

우진   (조용히) 뭐야, 누나도 중딩 때 폈다며. 한참 그럴 때지 뭐.

재연   그리고 난 1미리 폈어. 어린 게 발랑 까져가지고 말보루
         레드? 이건 8미리라고.

미영   8미리나 1미리나 똑같은 담배지.

우진   누나도 언제야, 응? 작년! 고2때 나랑 헌팅 술집에서 만났
         잖아.

재연   (죽일듯한 기세로) 닥쳐, 그거 엄마한테 말하면 진짜 졸라 가
         만 안 둬. 죽여 버릴 거야.

우진   (기죽어) 알았어.

재연   너희도.

미영 · 종현 (끄덕) …

재연   (종현에게) 대답 안하냐?

종현   네.

엄마   재연아, 우리 휴지 떨어졌어?

담배를 빨리 숨기는 재연. 화장실에서 나온 엄마의 표정이 영 좋지 않다.

엄마　　종현아, 엄마랑 잠깐 나갔다 오자.

종현　　네.

우진　　// 어디 가게?

엄마　　생필품 좀 받아오게. 가자.

종현　　네.

엄마와 종현이 함께 마당을 지나 밖으로 나간다. 규선과 수지가 집으로 들어온다.

수지　　(밖에서) 어? 엄마 어디 가?

규선　　(밖에서) 뭣 좀 도와줘?

엄마　　(밖에서) 아냐, 종현이랑 사무실 좀 갔다 올게.

규선　　(밖에서) 이따 봐.

우진　　누나, 수지한테 뭐라 하지 마.

재연　　내가 알아서 해.

수지　　아무튼 그 언니가 나한테 막 뭐라고 하는 거야.

규선　　그래서?

수지　　내가 재연언니 아냐고, 나 재연언니 동생이라고 하니까 갑분싸되는 거 있지.

규선　　뭐?

수지　진짜 웃기지. 언니, 나 언니 덕 좀 봤다.

규선　금정공고 애들이 수지한테 뭐라 했는데.

재연　뭐? 금공? 누구야. 이름 말해.

수지　아냐, 잘 해결됐어. 나중에 맛있는 거 한 번 살게.

재연　나 이제 그런 애들이랑 안 놀아. 웬만하면 내 얘기 하지 마.

수지　알겠어. 나야 언니 있으니까 편하지. 근데 그 언니 오빠들 요즘 맨날 우리학교 근처 와서 어슬렁거린다고. 짜증나게.

재연　… 그래? 얘기 좀 해줄게.

수지　괜찮아.

재연　조수지 이리 와 봐.

수지　언니가 와.

재연　오라고.

수지　언니가 오세요~

재연　하나, 둘…

수지　왜.

재연　너, 나한테 할 말 없어?

수지　(눈치 보고) 뭐야, 분위기 왜 이래?

재연　(무겁게) 야, 조수지. 할 말 없냐고.

수지　뭐야, 없어. 왜 그래.

규선　왜? 무슨 일 있어?

재연　빨리 네 입으로 말해. 언니 화내기 전에.

수지　(위축되어) … 뭔지 모르겠는데… (구원의 눈빛으로) 오빠…

우진　누나, 내가 얘기할게. 응? 내가 이런 거 전문이잖아.

규선   (알았다는 듯) 너 중간고사 망쳤구나?

재연   어휴, 야. 빨리 안 불어!

수지   (도리어) 왜 소릴 지르고 그래?

재연   얘 좀 봐라?

우진   워-어-

규선   (엄하지만 부드럽게) 수지야, 그건 아니지. 언니한테.

수지   오빠도 왜 나한테 뭐라고 그래! 언니도 소리 질렀는데.

우진   하여간 최규선 저런 거는 어디서 배웠는지. 꼰대.

규선   야, 시비 걸지 마.

재연   너 담배 피워, 안 피워?

우진   어유.

미영   // 언니…

규선   (너무 놀라) 수지, 너 담배 피워?

수지   (얼굴이 빨개져) 담배? 무슨 담배?

재연   콱! 거짓말할래?

수지   나 담배 안 피워!

규선   너 누구한테 그런 거 배웠어. 응?

수지   오빠까지 왜 그래 진짜? 증거 있어?

재연   거짓말 하지 말라고 엄마가 그렇게 말했는데. 끝까지 이
       러신다?

수지   내가 거짓말을 왜 해. 언니도 담배 폈잖아. 그리고 언니가
       봤어? 본 것도 아니면서.

규선   너 진짜 봤어?

재연, 주머니에서 담뱃갑을 꺼낸다.

재연　　이래도? 네 교복에서 나왔는데?

수지　　아… (한숨)

규선　　수지야.

재연　　내가 봤으니까 망정이지. 너 엄마가 봤으면 어쩌려고 그래?

수지　　…

우진　　수지야, 괜찮아, 괜찮아. 놀라면 괜히 숨기고 싶고 그런 게
　　　　　사람이지. 응? 나는 중1 때 피웠어. 괜찮아.

미영　　오빠 쉿.

재연　　야, 애 버릇 나빠지게 왜 그래, 진짜!

우진　　누나도 예전에 다 그랬잖아. 우리도 몇 년 전에 그래 봤다고

재연　　지금 그 얘기 하는 게 아니잖아.

규선　　너, 그 언니들이 불렀다는 것도 불량서클 그런데 들어가
　　　　　서 그런 거야?

우진　　촌스럽게 불량서클이 뭐냐.

미영　　촌스럽긴 하다.

규선　　조용히 좀 해. 너 같은 불량배처럼 될까 걱정돼서 그러는
　　　　　거 아냐.

미영　　불량배… (촌스러워…)

우진　　내가 뭐! 나 요즘 안 그래!

규선　　네가 담배 피우고 술 처먹고 맨 애들 때리고 사고치고 하
　　　　　니까 수지가 보고 배운 거 아냐!

우진	괜히 나한테 그러네. 괜히.
규선	선한 영향을 끼친 적이 없어. 오빠가 되가지고.
우진	그럼 너는 얼마나 잘난 영향을 끼치고 있는데.
미영	// 오빠.
규선	또 너래. 야, 형이야, 형! 엄연히 한 살 많다고. 네가 나랑 맞먹고 다니니까 식구들 서열이 무너지는 거 아이냐구. 종현이가 우리를 뭘로 보겠냐구?
우진	(크게 웃으며) 서열, 서열이래!
규선	(멱살 잡고) 너 그러다 진짜 호되게 혼난다.
우진	(깔보며) 대박이다 진짜. 형 대접 받고 싶으면 해줄게.
규선	한 대 맞을래, 진짜?
우진	다이다이 한 번 깔까?
규선	이 녀석이 진짜.

규선과 우진, 싸우려는데,

| 수지 | 그만들 해! 그래! 담배 피웠다! 그게 그렇게 잘못한 거냐? 언니 오빠들도 피워봤잖아! 친구들이랑 노래방 갔다가 피워 보라고… |

엄마와 종현이 집 안으로 들어온다. 모두 놀란다. 수지, 방으로 들어가려는데,

엄마	거기 있어.

엄마, 식탁에 담배를 집어 들어 수지 앞으로 간다. 수지에게 권한다. 수지의 얼굴이 사색이 된다.

엄마	피워.
수지	…
엄마	안 피우면 내가 핀다.
수지	…
엄마	엄마 앞에서 필 자신 있으면 앞으로도 그래.
수지	…
엄마	쪼끄만 게 벌써부터 노는 맛이 들어선. (웃음) 내 앞에서 못 필거면 피우지 마. 하느님이 주신 몸 함부로 쓰면 안 돼. 그리고 거짓말도. 담배 피운 적 있어?
수지	… (끄덕끄덕)
규선	(성호를 긋는다) 세상에.
엄마	이 자식들이 요런 사소한 걸로 또 싸우기나 하고. 다들 밖으로 나가!
재연	아, 엄마.
우진	엄마, 제발!

식구들 툴툴거리며 밖으로 나간다. 종현이 어리둥절 하는데,

엄마	안 나가고 뭐해!
종현	아, 네네.

종현이 뒤따라 나가고, 엄마는 캠코더를 챙긴다. 벚나무 앞에 모두 모인 식구들. 알아서 1열로 맞춰 서 있다. 영상을 찍는 엄마.

재연	엄마 카메라는 또 왜.
엄마	니들이 싸움을 하루 이틀 하냐? 나중에 또 그럴 때 틀어줘야 부끄러운 줄 알고 안 싸우지. 종현아 잘 봐라.
종현	네. (근데 왜 나까지…)
엄마	내가 너희한테 했던 말이 뭐냐. 식구들끼리 싸워도 된다, 싸울 수 있다 이거야. 근데 서로를 아무도 이해하려고 안 했어. 맞지? 동의 못 하는 사람?
우진	동의는 하는데 이 방법은 동의 못 해요. 응?
엄마	그럼 잘못을 하지 말던가!
수지	잘못했습니다.
재연	아니, 엄마. 수지가 나한테 자꾸 구라치잖아.
미영	내 생각엔 다 잘못했어.
규선	(우진에게) 얘는 좀 혼나야 돼. 평소에 내가 아무 말 안 했더니 기어올라.
우진	어유, 끝까지. 씨.
규선	어우, 공부해야 되는데 진짜.
엄마	시끄러! 서로가 서로를 할퀴면 안 돼. 세상 살면서 서로

할퀴는 일이 얼마나 많은데. 다들 손들어!

미영 엄마, 이거 진짜 유치합니다.

식구들 아- 진짜!

엄마 종현, 잘 봐둬. 그리고 형, 누나들 또 싸우면 이거 꼭 틀어
줘라. 정신차리라고.

종현 네? 아, 네.

엄마 (멀리서 발견하고) 어머, 신부님. 어디 가세요?

식구들, 쭈뼛쭈뼛 손을 든다.

엄마 어여! 따라해. 우리는 가족은 아니지만

식구들 우리는 가족은 아니지만

엄마 한 식탁에서 밥을 먹는

식구들 한 식탁에서 밥을 먹는

엄마 식구입니다.

식구들 식구입니다.

엄마 할퀴지 않을게요.

식구들 할퀴지 않을게요.

엄마 손잡아!

종현 손잡… 아, 죄송합니다.

엄마 어허, 빨리!

서로 뻘쭘하게 안는 식구들. 촬영이 끝나고 모두 들어가는데 종현

만 남는다. 종현의 표정이 묘하다.

암전.

3장

7월 초여름, 아침. 요란한 매미소리. 규선과 재연 아침준비 중이다.

규선   이불 푹 뒤집어쓰고 있던데.

재연   밤새 아팠던 건가?

규선   나도 밤늦게까지 공부하고 뻗어서 전혀 몰랐어. 나 눈 붙
　　　　　이면 아예 일어나지도 못하잖아.

재연   아프면 아프다고 말을 하지. 걔도 참….

규선   아직도 눈치 보이나 봐. 적응할 때도 됐구만.

재연   난 충분히 이해해.

규선   남자가 툭툭 털고 좀 일어나지.

재연   그런 일에 남자 여자가 어디 있냐?

규선   … (긍정의 한숨)

규선, 죽을 한 입 먹는다.

규선   이거 누가 한거야?

재연　미영이.

규선과 재연, 죽을 먹는다.

재연　기말고사 얼마 안 남았으니까 얼른 먹고 가.

규선　너도 공부해야지.

재연　나야 취업계 낼 거니까 괜찮아.

규선　엄마는 새벽부터 어디 가신 거야?

재연　병원에.

규선　무슨 병원을 새벽부터 가? 몸 안 좋으셔?

재연　여자들 정기적으로 검진 받아야 할 것들이 있어요. 모른
　　　　척하셔.

규선　… (끄덕인다) … 물어볼 거 있는데….

재연　산부인과 검진 그런 거야. 뭘 자꾸 물어봐.

규선　아니, 그거 말고. 넌… 입양… 제의가 오면 어떨 것 같아?

재연　내가 왜 가? 다 커서 무슨 입양.

규선　… 그렇지?

재연　…

규선　… 알았구나.

재연　엄마가 슬쩍… 대-충…

규선　그분들이 나이가 좀 있어서 우리 또래였으면 좋겠다고 했
　　　　데. 같이 만나봤어.

재연　벌써 만나보기까지 했구나. 엄마는?

규선	니 갈 길인데 왜 자기한테 묻냐는데? 내 의사가 가장 중요하다고.
재연	엄마답네.
규선	네 생각은 어때?
재연	그걸 왜 나한테 묻냐?
규선	식구… 니까.
재연	넌?
규선	만나보니까 좋은 분들인 것 같고. 낯설기도 하고. 꼭 그래야 할까 생각이 들기도 하고.
재연	엄마, 말은 안 하지만 분명히 갔으면 싶을 거야. 우리 곧 여기 나가서 자립해야하는데 반년 먼저 나가나 지금 나가나 뭐.

미영이 방에서 나온다.

미영	종현이 보면 예전에 나 보는 것 같아.
규선	왜?
미영	아직도 낯을 너무 가려. 방 들어갔는데 이불로 얼굴 가리고 말 해. 부끄럽나?
재연	그러려니 하고 들어 줘.
미영	나도 낯 많이 가려서 말 트는데 좀 걸리긴 했어도 더 해, 더 해.
재연	너도 여기 와서 적응하는 데 1년 걸렸어. 새로운 식구란

거… 쉬운 일은 아니잖아.

수지가 졸린 눈을 비비며 나온다.

수지　뭐야, 웬 죽?

미영　종현이 감기 기운 있는 것 같아. 심한 거 아니니까 걱정 마.

수지　병원 가야 되는 거 아니야? 어떡해?

미영　야, 뭘 어떻게 해. 그냥 돌봐주면 되는 거지.

규선　수지 네가 잘 돌봐줘.

수지　뭐야, 오빠가 도와줘.

재연　오빠는 공부하러 가야지.

수지　배신자네. 동생이 아픈데 공부가 눈에 들어와? 개인주의.

규선　나 오늘 독서실 가지 말까?

수지　장난이야. 근데 어떻게 돌봐줘? 병간호 해본 적이 없어, 나는.

재연　그냥 조용히 있는 게 도와주는 거야.

종현이 식당으로 나온다. 이불을 뒤집어쓰고 있다.

수지　(눈치채지 못하고) 힝… 잠깐! 잘하면 다 감기 옮겠네?

미영　인성.

수지　아니, 그게 아니고… 나 감기 싫단 말야!

종현　죄송해요. 저 화장실만 빨리 갈게요.

종현, 화장실로 들어간다. 콜록콜록 기침소리.

미영   걸렸네.

수지   (몹시 당황하여) 언니, 나 어떡해! 나 그런 거 아닌 거 알잖아!

화장실에서 들리는 기침소리.

재연   네가 한 말이니까 네가 책임져야지.

수지   아니, 규선오빠 도와줘!

규선   수지야, 너도 오빠한테 개인주의라며.

잠시 후, 종현이 나온다.

종현   걱정 끼쳐드려 죄송해요. 수지야 미안.

수지, 민망함을 못 이겨 방으로 들어가 버린다.

미영   나온 김에 죽 먹고 자. 우리 것까지 다 했으니까 아침 먹자.

종현   아, 저 괜찮아요.

재연   아플 때 누구 옆에 없으면 그게 제일 서러운 거야. 옆에서
            챙겨줄 때 그냥 받아.

규선이 종현을 자리에 앉힌다.

규선	이불 이제 내리고.
종현	(화들짝) 이게 편해요.
미영	뭐야, 애기도 아니고.
종현	좀 추워서요.
재연	그래?… 참, 수지 쟤 담배 끊었다니?
종현	네, 그런 것 같아요.
미영	수지 없을 때 가방이랑 몰래 봤는데 없더라.
재연	주머니 뒤집어서 잘 봐야해. 그 담뱃잎 이런 거 다 붙어있다고.
미영	역시 경험자는 달라.
종현	(미소)
재연	야, 어쩌라고. 지금 안 피면 그만이지.
종현	노는 애들이랑 다녀서 좀 걱정이긴 해요.
규선	불량배들이랑?
미영	불량배?
재연	큰일이네. 친구들 잘못 만나면 노답인데… 먹어, 막둥아. 미영이가 했어.
종현	입맛이 없어서…
미영	먹어봐.
규선	(한 술 떠서) 자.

받아먹는 종현. 죽이 맛이 없다.

종현	커헙.
규선	얘 방금 뱉은 거 아니냐?
미영	아이고, 감기 많이 심하네.
종현	저 미영누나. 저 몸이 많이 안 좋아서 못 먹을 것 같아요. 물 좀…
미영	아, 응.

종현, 조용히 가글한다. 수지가 쭈뼛쭈뼛 방에서 나온다.

수지	(내밀며) 이거… 먹어…
종현	이게 뭐야?
미영	고백인 건가.
수지	사탕. 내가 제일 좋아하는 사탕이야. 약 먹고 먹어.
종현	아… 고마워.
규선	참, 약은 있어?
재연	(약을 가져와 종현에게 주며) 여기. 우진이가 종현이 아프단 얘기 듣자마자 약 사온다고 뛰쳐나가더라. 내 방에 있는데.
규선	으이구, 무식이.
재연	하여간 정상은 아냐. 이제 곧 올 때 됐을…
우진	(멀리서) 막둥아–!
미영	양반은 못 되네.
재연	누가 보면 암이라도 걸린 줄 알겠어.

땀범벅이 된 우진이 들어온다.

우진　(헐떡이며) 누나… 종현이… 약… 사왔어… 어…? 종현이
　　　네… 괜… 찮아?

수지　숨 좀 쉬고 말해, 멍청아.

종현　네. 괜찮아요, 형.

우진　(물을 마시고) 주변에 약국이 다 닫은 거야. 그래서 이거 사
　　　오느라고. 시내까지 다녀왔어.

재연　고생했어. 근데 집에도 약 있었는데.

우진　뭐야! 왜 말 안했어?

재연　할라했는데, 네가 뛰쳐나갔잖아.

우진　에이씨. 폰 놔두고 뭐하는 거야!

재연　네 핸드폰 방에 있더라.

우진　두 개 다 먹어.

식구들, 우진의 천진한 모습에 웃음이 터진다.

우진　(죽을 보고) 뭐야, 죽 해놓은 거야? 야 종현이 복 받았네. 감
　　　사한 줄 알아, 짜샤. (죽을 먹는다) 푸흡. 뭐야! 개맛없어!

식구들, 우진을 보고 계속 웃는다. 종현이 이 광경을 바라보다 울
먹이기 시작한다.

종현	(서럽게) 제가… 제가 뭐라고… 이렇게까지…
우진	뭐야, 얘 왜 이래?
수지	종현아, 울지 마.
종현	(더 서럽게) 나는 아무것도 아닌데…
재연	뭘 아무것도 아냐. 우리 식구지.
종현	식구… 나 그 말 진짜 싫어하는데… (울음이 터진다)
규선	괜찮아. 아무 말 안 해도 돼.
종현	죄송합니다.
우진	뭐가 또 죄송해. 아프면 아프다고 말하면 돼! 엄마가 맨날 말하잖아. 배고프면 배고프다, 싫으면 싫다, 아프면 아프다 말 하고 살라고.
종현	그게 아니고요…
우진	또! 아파- 해봐.
종현	(아주 조그맣게) … 아파.
우진	더 크게!
종현	(상황이 웃기다) 아프다. 아, 안 해요.
우진	아파--!! 아프다---!! 해봐!

식구들 모두 종현에게 힘을 주려는 듯 고개를 끄덕인다.

| 종현 | … 잘래요. |

나가려는 종현을 붙잡는 재연. 이불이 흘러내린다. 멍이 들어있다.

우진	뭐야.
규선	뭐야, 누가 그랬어?
미영	// 이게 뭐야? 맞았어?
재연	// 종현아!
종현	나 어제 반 애들이랑 싸웠어.
규선	누구랑? 왜?

우진, 씩씩거리며 분을 못 참는다.

종현	형들한테 말하려 했는데 규선이형은 코만 잔뜩 골고, 우진이형은 잠꼬대하고 씨. 눈치 보여서 얘기도 못하고!
우진	그래서. 너 몇 대 쳤어?
종현	때리려 했는데…
재연	했는데?
수지	누구야?
규선	아오, 진짜.
종현	반 애들이… 나보고 고아라잖아. 그 새끼들이.
우진	고아? 이 개새끼들이!

우진, 무작정 뛰쳐나간다. 미영, 주방 뒤로 들어간다.

규선	야, 어디 가!
우진	(뛰쳐나가며) 다 죽여 버릴 거야!

재연	어떤 새끼들이야 진짜!
수지	어떡해, 진짜.
규선	야! 쟤 잡아, 저러다 엄마 학교 또 불려가!
재연	야, 같이 가!

재연, 우진을 뒤따라간다. 규선도 뒤따라간다.

재연	(전화하며) 야, 애들 좀 불러봐… 나도 몰라. 다 불러 그냥! 다 뒤졌어, 진짜!

미영, 손에 긴 막대기를 들고 나온다.

수지	언니?
미영	다 어디 갔어?

종현, 손가락으로 가리킨다.

미영	(비장하게) 가자. 조지러.
수지	언니!

미영이 달려 나가고 수지가 뒤따라간다. 종현만 혼자 덩그러니 남겨진 집.

미영   (달려 나가며) 이-야-!

수지   종현아! 빨리 나와!

종현   식구… (크게 부르며) 형, 누나!

종현, 뒤따라나간다.

종현   반대쪽이야-!

암전.

4장

늦은 밤. 궂은비 내리는 소리. 작은 스탠드 전등만 켜진 거실. 미영, 가발을 쓰고 있다.

미영   (읽어보며) 원, 저런. 이 진창에 여기까지 오다니. 어쩌다 죽었수? 죽었수? 죽었수? 죽었수. … 죽었수. 참 전생엔 얼마나 좋았수! 싸이먼 스팀슨, 곁눈질하며 좋았다고요? 잘 생각해 봐요. 개 결혼식 때, 얼마나 짭짤했수? (다른 억양으로) 짭짤했수? 짭짤했수? 어렵네… 짭짤했수. 짭짤했수? 졸업식 때 답사를 잘도 읽더니. 교장 선생님이 여러 번 그럽디다. 개만큼 똑똑한 애도 드물다고. 내가 죽기 직전에… (다

시 대본 본다)

그 사이, 엄마가 검은 우산을 쓰고 등장한다. 마리아상 앞에 잠깐 서서 기도하는 엄마. 성호를 긋고 집 앞에서 우산을 접는다. 크게 심호흡을 하고 집으로 들어오는 엄마.

미영　왔어?
엄마　응.

미영, 대본과 가발을 빠르게 챙기고, 엄마는 부엌 찬장에서 와인을 한 병 꺼내온다.

엄마　(따라하며) 뭐가 그렇게 짭짤했수?
미영　… 와인 마실라고? 술 끊는다며.
엄마　한 잔 먹고 싶어서.
미영　뭔 일 있어?
엄마　짭짤한 일.
미영　(부끄러워) 에이, 몰라.
엄마　(잔 따르며) 연기 연습한 거야?
미영　아, 응. (민망한지 웃는다)
엄마　(마시고) 제목이 뭔데.
미영　'우리 읍내'라고. 시골마을 사람들이 살아가는 이야기야.
엄마　주인공?

미영 아니, 난 이제 갓 들어온 신입이라. 쏘옴즈 부인이라고, 음… 수다쟁이 아줌마?

엄마 짭짤하단 게 무슨 장면이야?

미영 음… 죽은 사람들이 영혼이 돼. 무덤에서 한없이 기다리는 장면이야.

엄마 천국 안 가고 거기 있니?

미영 연극이잖아.

엄마 나도 죽으면 여기서 너흴 한없이 기다려도 재밌겠다. 맨날 너희 보고.

미영 뭐야. 퉤퉤퉤 해.

엄마 그럼 탤런트 되는 거야 우리 딸? 싸인 받아둬야겠네.

미영 에이! 그거까진 모르고 그냥 연기하고 싶어.

엄마 왜? 언제 그런데 관심을 가졌어? 엄마한테 말을 하지!

미영 안 물어봐서.

엄마 아, 미안하다. 쳇.

미영 여름에 연극하기로 했어. 무대 위에서 연기하고 사람들한테 박수 받고.

엄마 조용히 지내서 몰랐네… 가끔 보면 새끼들 속은 하느님 속보다 알 수가 없어.

미영 엄만 꿈 없어?

엄마 이 나이 먹어서 꿈은 무슨.

미영 꿈이 꼭 직업일 필요는 없잖아.

엄마 그럼 엄마는… 우리 식구들 밥 잘 챙겨먹고 서로 의지하는 거?

미영　소박하네.

엄마　소박하게 사는 게 얼마나 어려운건데.

미영　엄마, 무슨 일이야?

엄마　짭짤한 일. 오늘 뭐, 별 일 없었지?

미영　(흠칫) 응?

엄마　별 일 없었냐구.

미영　아… 응… 별 일 없었지.

엄마　근데 왜 이렇게 말을 더듬어?

미영　종현이가… 감기기운 살-짝 있어서. 아주 살짝.

엄마　그래? 가봐야겠네.

미영　지금 자. 그냥 코 살짝 막힌 정도야.

엄마　그래? (막대기 보고) 이게 왜 여기 나와 있어? 청소했어?

미영　응? 아… 소품이야. 소품.

엄마　무슨 소품.

미영　연극. 뭐 괴롭힌 애들 때리고 그런 장면 있어서.

엄마　뭔 그런 장면이 다 있냐. 괴롭혔다고 때리면 그것들도 똑 같은 놈들이지. 벌 받는 거야.

미영　그러게. 엄마 나 대본 보러 갈게.

엄마　… 미영아, 가서 애들 좀 데리고 와. 보고 싶네.

미영　응? 다 늦은 시간에 뭘 불러.

엄마　보고 싶으니까.

미영　에이, 됐어. 다 자.

엄마	짜샤. 엄마가 보고 싶다는디. 야, 다들 나와!

침묵이 흐른다.

엄마	뭐야, 이것들. 답이 없어.

엄마, 일어나려는데,

미영	(눈치 보며) 여러분! 소집! 나오세요! 빨리 빨리!

엄마, 와인을 한잔 따른다. 성호를 긋고 잠시 기도하는 엄마. 비가 조금 거세어진다. 식구들이 하나 둘 나온다. 수지와 미영이 앞서 있고 뒤쪽에 숨어있는 재연, 우진과 종현.

수지	엄마 왔네?
엄마	재연아, 거기 불 좀 켜라.
재연	왜, 지금 좋은데. 비도 딱 오고.
우진	그래, 좋네.
엄마	긍가? 종현이 몸 좀 괜찮아? 감기기운 있다며. 일로 좀 와봐.
종현	아…
미영	내가 말했어.
종현	형, 누나들이 챙겨줘서 많이 좋아졌어요.
엄마	그랬어? 다행이네. 근데 뭔 이불을 다 뒤집어쓰고 있어?

재연	엄마 따라했나 보다.
종현	어… 추워서요.
엄마	춥다고? 열이 있나?
미영	종현이가 좀 아픈가봐. 들어가서 쉬어야겠어.

엄마, 종현에게 다가가려는데,

종현	(놀라서) 괜찮아, 괜찮아! 엄마 나 안 아파!
엄마	그래, 알겠다. 쑥스러워하긴. 근데 방금 종현이 나한테 말 났다?
재연	그러게. 하하하하.
수지	우와, 놀라워라.

식구들, 종현이에게 다가가며 같이 웃는다.

엄마	왜 이래들? 동작 그만.

엄마가 갑자기 종현에게로 다가가 종현의 이불을 벗긴다.

엄마	(발견하고) 너 얼굴 왜 그래, 종현아?
종현	아…

불을 켜는 엄마. 우진이 팔에 깁스를 하고 있다.

엄마	넌 또 왜 그래? 둘이 싸웠어?
종현	예?
우진	// 응?
종현	친구들이랑 싸웠어.
엄마	응?
종현	친구들이 나 고아라고 놀리고 때려서…
엄마	그래서?
종현	… 형… 이…
우진	내가 찾아갔어.
엄마	손은 왜 그래.
우진	…
엄마	또 애들 쳤니?
우진	하… 아니… (해명하려는데)
엄마	(끊고) 너, 엄마 학교 불려갔을 때 다신 안 그러겠다고 나한테 싹싹 빌었잖아. 왜 자꾸 그래, 너. (한 대 때리며) 너 진짜 왜 그래. 왜 그래 정말! 다신 속 안 썩인다며. 안 그런다며! 너네도 다 보고 가만히 있었어?
종현	아냐, 엄마. 우진이 형이 내 말 듣고 흥분해서 찾아간 거고, 식구들이 다 말리러 가다가 이렇게 된 거야. 걔들은 우리가 우르르 몰려가니까 다신 안 그러겠다고 했어. 형 애들 안 때리고 화나서 벽 치다가 저렇게 된 거야.
엄마	아이구야.
종현	말하면 폐만 끼치니까… 또… 난 고아 맞잖아.

엄마 누가 고아야? 이렇게 식구가 있는데.

종현 맞아 엄마. 난 오늘부터 고아 아냐.

엄마 …

종현 맨날 투덕거리는 우진이 형 규선이 형도, 나한테 맨날 메이크업 연습하는 재연누나도, 막대기 들고 달려온 미영누나도, 사탕 챙겨주는 수지도 다 우리 식구야. 형 저렇게 된 것도 다 나 복수해준다고 그런 거야. 그러니까 형 누나들한테 뭐라 하지 마, 오늘만! … 엄마. 막둥이가 이렇게 부탁할게.

잠깐의 사이.

엄마 수지야, 가서 잔 좀 가져와.

수지 응… 응? 몇 개?

엄마 사람 수 맞춰서. 자리에 앉아들.

수지가 잔을 들고 식탁으로 오면 엄마가 아이들에게 한 잔, 한 잔 와인을 따라준다.

엄마 (따르며) 엄마가 따라주는 거니까 괜찮아. 한 잔 마셔.

미영 갑자기 왜?

우진 (뾰루퉁) 엄마 나한테 사과해.

엄마 쏘리.

우진　성심성의껏 해줘.

엄마　종현이만 안 팼지, 다른 애들 때리려 했다며.

우진　때리진 않았어. 시늉만 했지.

엄마　협박이네 뭐네 내일 또 연락 오게 생겼어.

우진　그건 미안.

엄마　성심성의껏 해라.

우진　죄송합니다.

엄마　으이그! (다들 둘러보고)

재연　(시계 보며) 규선이는 왜 안 와? 올 때 됐는데.

엄마　자, 잔 들고.

식구들, 갑작스런 엄마의 행동들에 우물쭈물한다.

수지　술은 어른한테 배우는 거지.

엄마　나 있을 때 마시는 건 괜찮아.

수지　이렇게 주니까 꼭 최후의 만찬 같다.

엄마　(잔 들고) 엄마랑 약속 하나만 해. 식구들끼리 절대 싸우지
　　　　말고 감싸줘. 알겠지?

식구들　응.

엄마　자, 위하여!

한 잔 마시는 식구들.

엄마	세 가지 소식이 있어. 좋은, 깜짝, 허걱. 뭐부터 들을래?
수지	좋은 것만 들으면 안 돼?
엄마	다 들어야지.
미영	허걱, 좋은, 깜짝. 깜짝 약간 서프라이즈 이런 것 같아. 동의?
우진	오케이.
엄마	허걱은… 규선이가 입양가기로 했어.
우진	헐.
수지	// 헐!??
미영	// 아…
종현	// 음…
재연	…
엄마	전부터 엄마가 알던 분이 계셨는데, 그렇게 하기로 했다. 규선이가 너희한테 곧 말할 거야.
우진	왜 이제 와서?
엄마	꽤 오래전부터 이야기하고 있었어. 결정이 늦어졌을 뿐.

식구들, 여러 가지 생각에 고요하다.

재연	(침묵을 깨고) 다음은?
엄마	다음이 뭐였지? 깜짝?
미영	아니, 좋은.
엄마	좋은 소식은… 너희 드디어 해방이다.
수지	응?

우진 뭐가 해방이야?

엄마 나한테서.

미영 그건 또 무슨 말이야?

엄마 정데레사 수녀님이 너희랑 같이 있기로 했어.

수지 뭐야, 우리 의견은?

엄마 으이구, 의견이 어딨냐? 그냥 바뀔 때도 있는 거지. 좋냐?

재연 너무 갑작스럽잖아. 언제?

엄마 곧. 조만간?

우진 아니, 신부님이랑 다른 수녀님들이랑 다 얘기한 거야?

엄마 응. 너희 여러 엄마 밑에서 다 컸잖아. 그 과정 중에 하난데 뭘. 규선이도 그저 새로운 엄마 만나러 가는 것뿐이야.

식구들, 머리로는 이해하지만 마음으론 아직 이해가 어렵다. 낯설다.

재연 규선인 이거 알아?

엄마 오면 말할 거야. 다 일어나… 짠!… 짠?… 뭐해! (부추기며) 자자, 짠!

엄마의 성화에 못 이겨 잔을 부딪치는 식구들.

엄마 (잔을 마시고) 마지막 축하파티라고 생각하고 재밌게 놀자. 어라, 다 떨어졌네.

엄마, 와인 한 병을 새로 꺼내 아이들에게 한 잔씩 주고 한 번 더 건배한다. 엄마는 와인 병을 집어 들고 나머지를 벌컥- 벌컥- 끝까지 몽땅 마셔버린다.

엄마   미영아! 내가 젤 좋아하는 그 노래 좀 틀어봐.

미영, 오디오에서 노래를 튼다.

엄마   자 치워, 치워!
우진   으아! 엄마-!! 내가 못 살아!
수지   // (어이없이 웃으며) 이게 뭐야!
재연   …

엄마, 노래를 부르며 춤을 춘다. 식구들 눈이 휘둥그레. 엄마가 아이들 손을 잡고 춤을 춘다. 아이들, 싫다고 빼지만 취기인지 조금씩 몸이 들썩인다. 종현이 제일 먼저 춤을 추기 시작하고 재연을 뺀 나머지, 신이 나기 시작한다! 난리 부르스. 후렴구를 다함께 부르는데, 재연이 덜컥 노래를 중지시킨다.

재연   깜짝은 뭔데.

엄마, 다시 노래를 켜고 춤을 추려는데 재연이 다시 끈다.

재연　깜짝은 뭔데.

다시 노래를 켜는 엄마, 재연이 다시 끄기를 반복한다.

재연　깜짝은 뭐냐고!

다시 노래를 켜는 엄마, 재연이 다시 끄기를 반복한다.

엄마　암이래. 됐냐! (환호성 지르며 춤추다가, 절대적으로 강조하며) 규선이한텐 절대 비밀로 해라. 수능 얼마 안 남았다.

다시 노래가 흘러나온다. 엄마 혼자 신나게 소리 지르며 춤을 춘다. 식구들은 그런 엄마를 가만히 바라볼 수밖에 없다. 공부를 마친 규선이 집으로 귀가한다.

규선　다녀왔습니다.

엄마, 규선에게 다가가 같이 춤을 춘다. 얼결에 춤을 추는 규선. 노래 소리가 커진다.

'오늘밤은 나를 위해 아무 말 말아줄래요/ 혼자인 게 나

이렇게 힘들 줄 몰랐는데 그대가 보고 싶어/ 오늘밤만 나를 위해 친구가 되어줄래요/ 이 좋은 날 아름다운 날 네가 그리운 날/ 오늘밤은 삐딱하게'

암선.

5장

9월 초가을. 늦은 오후. 재연과 미영은 분주히 반찬을 싸고 있고, 우진은 규선의 이불을 들고 내려온다. 우진을 뒤따라오는 종현. 엄마는 뒷마당에서 성가 – 십자가 바라보며 – 를 부르며 텃밭에 고추며 애호박을 따고 있다.

종현	누나, 뭐 좀 도와줄까?
재연	아니, 괜찮아. 앉아있어.
미영	저렇게 돌아다니셔도 돼?
재연	가뜩이나 항암 때문에 힘도 다 빠졌을 텐데. 대단하다 엄마도.
미영	방금 전에 화장실 간 것도… 울렁거려서… 맞지?
재연	어.
우진	(식탁을 내려치며) 왜 최규선한테 말하지 말라는 거야!
종현	아무래도 규선이 형이 걱정되니까…

우진	지금 걱정해야 할 사람이 누군데!
재연	화 내지 마. 해결될 거 단 하나도 없어.
우진	화 안 나게 생겼어?
미영	엄마 듣겠어.
우진	들으라고 해! 고3이 뭐 그렇게 잘나서 얘기도 못 하게 하냐?
재연	한 달 조금만 있으면 돼. 그때 말하면 되잖아.
우진	야, 넌 고3 아니냐? 이기적인 새끼. 지 혼자 잘 살겠다고 입양을 가? 멀쩡한 식구 놔두고?
미영	엄마 항암 끝나기 전까지 절대 스트레스 주지 마. 그래야 수술할 수 있어. 규선오빠 알면 엄마 더 신경 쓰고 몸 더 나빠져.
종현	하루라도 빨리 알아야 하는 거 아닌가… 엄마 몸 어떻게 될지 아무도 모르는데. 2차 끝났는데도 아직 줄어들지도 않았다잖아.
우진	(눈물이 맺혀) 자기만 잘난 자식이야. 그깟 수능이 뭐라고.
종현	형…
우진	나도 알아, 됐어.
종현	입원이라도 빨리 하셨으면 좋겠는데.
미영	이제 곧 입원하실 거니까, 좀 더 좋아지겠지.
재연	오늘 규선이 가면 입원하시겠데.
우진	다 큰 놈이 입양은 무슨. 지랄.
재연	조용히 좀 해. 엄마가 등 떠밀다시피 했어, 냅둬. 너까지 왜 그래 진짜?

우진	엄마 암 아니어도, 쟤 입양 때문에 집안 분위기 다 말아먹고 있잖아. 수지가 규선이 얼마나 잘 따랐냐? 요즘 쟤 말도 부쩍 줄고 표정도 안 좋아졌다고.
재연	그거야, 워낙 예민할 나이니까…
우진	예민할 나이에 왜 저러냐고. 알 거 아는 사람이.
종현	좋아지겠지.

수지가 방에서 나온다. 전과는 다르게 어딘가 수척해보이고, 불편해 보인다.

수지	규선오빠는?
종현	사무실에서 아직 안 왔어.
수지	…
종현	곧 올 거야.
수지	엄마는 왜 또 돌아다니는 거야? 성가 부르고 텃밭에서 뭐 하는 것 같던데.
미영	규선오빠 반찬 해준다고 저러셔.
수지	… 나는 정말 너무 화가 나. 아, 몰라!
재연	소리 지르지 좀 마, 엄마 들어… (순간 욱했던 감정을 누르고) 너 학교에서 별일 없어?
수지	… 없어.
재연	그러지 말고, 솔직히 얘기해봐. 요즘 신경 쓰는 것들 많아?
수지	나 괜찮아 언니. 정말이야.

재연	혹시 학교에서 누가 괴롭혀?
수지	(시선) 아냐, 아무도 안 괴롭혀.
재연	(이상한 시선에 의아해하며) 어. 괴롭히면 말해.
수지	나 혼자 해결할게.
재연	뭘?
수지	아냐.

침묵이 흐른다. 식구들, 알게 모르게 감정의 골이 생기고 있음을 느낀다. 엄마가 텃밭에서 채소를 가득 안고 집으로 들어온다. 엄마의 몸은 어딘가 작아졌고, 기력이 없어 보인다.

미영	엄마, 이리 줘. 우리가 할게.
엄마	내가 할래.
우진	집 싫다고 가는 사람 뭐 좋다고 이렇게 해줘?
엄마	그렇게 말하지 말랬지! 몇 개월 뒤에 나가나 지금 나가나 똑같다고 그렇게 얘기해도 잘됐다 축하한다 말하진 못 할 망정, 심보는.
우진	엄마 힘들어서 제대로 걷지도 못 하잖아!
엄마	괜찮아. 내 몸 내가 알아.
우진	엄마 몸 엄마가 알아서 그 지경이 될 때까지 병원 안 가고 있었어?
엄마	이게 오늘 진짜 왜 그래! 기쁜 날 다 뒤집어 놓을 거야?
우진	길어봤자 반년이라며.

미영 그만 해, 오빠. 왜 엄마한테 괜히 투정이야.

재연 엄마 하고 싶은 대로 놔둬.

우진 엄마 밥 한 끼도 제대로 못 먹잖아. 가뜩이나 기력도 없고 구내염 심해서 침도 제대로 못 삼키고. 이러다 또 쓰러지면 누가 책임져!

엄마 누가 책임져 달라고 했어?

우진 애같이 어리광이나 부리고, 맨날 고집부리고.

엄마 난 그러면 안 되냐?

재연 엄마, 그래도 돼. 신경 쓰지 마. 속상해서 저래… 알잖아.

엄마 … 해줄 수 있는 게 없잖아.

우진 그럴 거면 우리나 밥 좀 해주지 왜! 규선이만 자식이고, 우리는 개차반이야?

엄마 언제 해줄지 어떻게 알아!

재연 엄마…

엄마 너희야 아직 있으니까 내가 빨리 나아서 밥 해주면 그만 이지. 규선인… 혹시… 혹시 모르니까.

빨리 감정을 추스르는 엄마.

엄마 미영, 반찬통 좀 가져와.

미영 응.

엄마 재연이도.

재연 어.

수지   나도 도울게.

우진, 가슴 깊숙한 곳에 가시가 박힌 것처럼 답답하다. 집 밖으로
나간다.

엄마   젠장. 난 너무 맛없는데. 야, 생각해봤는데 규선이 진짜 눈
치 없지 않냐? 어떻게 한 달 동안 모르냐?

미영   엄마, 우리도 연기하느라 죽겠다!

엄마   한두 달만 참아. 수능 곧 와.

아파하는 엄마. 규선이 집 마당으로 들어온다. 벤치에 혼자 앉아있
는 우진을 보고,

규선   뭐해?

우진   …

규선   … 나 먼저 들어간다?

우진   야. … 아니다.

규선   싱겁긴.

규선, 집으로 들어가고 뒤따르는 우진. 식탁에 반찬 꾸러미가 한가
득이다.

엄마   응, 왔어?

규선	(일부러 더 밝게) 우와. 이게 다 뭐야?
엄마	굉장하지? 너가 좋아하는 반찬 좀 쌌어. 가서 부모님께 여기 엄마가 해서 주셨다고, 잘 부탁한다고 말씀 전해드리고.
규선	안 해줘도 되는데. 고마워, 엄마.
엄마	몸 관리 잘해서 수능 잘 봐라.
규선	응. 자주 놀러올게.
엄마	놀러는 무슨. 고3 맞냐? 두 달밖에 안 남았으면서.
규선	그래도…
엄마	수능 끝날 때까진 절대 오지 말어.
규선	알겠어, 알겠어.
엄마	우진, 궁상 그만 떨고 나와! 우리 사진이나 좀 찍자.
우진	(방에서) 무슨 사진이야!
엄마	마지막 이 순간을 새겨둬야지. 빨리 나와-!
규선	무슨 마지막이야 엄마.
엄마	미영아, 엄마 좀 보자. 뭣들하고 섰어? 너 빨리 짐 들고, 어여 밖으로 이동!

규선이 수지를 챙겨 밖으로 나간다. 나머지 식구들도 집 앞 마당으로 향하고, 엄마는 미영과 방으로 향한다.

| 수지 | 오빠… |

수지를 달래는 규선. 엄마가 방에서 가발을 들고 나온다.

엄마 어떠냐, 응? 어때?

우진 (나오며) 뭘 어때야, 누구엄만데. 당연히 예쁘지.

엄마 찍으러 가자.

우진과 미영, 엄마를 모시고 현관 밖으로 향한다. 벚나무 앞에서 모두 모인 식구들. 우진이 삼각대를 설치한다. 엄마의 머리를 보고 웃음이 터지는 규선. 쓴웃음만 짓는 식구들.

규선 뭐야, 엄마! 베일 벗고 있는 거 처음 보네.

엄마 이쁘지?

미영 찍는다.

엄마 자, 다들 웃어라!

카메라 셔터 소리.

엄마 (정리하고) 자, 이제 가라!

규선 응, 엄마.

모두에게 인사하는 규선. 수지가 왈칵 울음이 터진다.

수지 오빠, 잘 가.

규선 (그렁그렁) 응. 연락하면 되잖아. 차로 한 시간밖에 안 걸려. 수지야. 습관이 인생을 만든다. 뭔 말인지 알지? (미영에게)

미영아, 카르페디엠. 현재를 즐겨라. (재연에게) 재연아… 노자가 말하길…

재연 인사를 한 명 한 명 다하게?

규선 그러려고 했는데…

재연 그냥 가!

규선 엄마, 그동안 감사했습니다. 절 받으세요.

엄마 자리 앞으로 가 넙죽 큰절을 올리는 규선.

엄마 오냐.

규선 엄마 나 진짜 갈게. 멀리 나오지 마.

엄마 잘 가, 우리 아들.

우진 야. … 가서 새 식구들한테 잘 해.

규선 고맙다.

우진 우리도 잊지 말고. 특히 엄마.

규선 … 당연하지.

규선 엄마! 안녕!

엄마, 규선에게 가라고 손짓한다. 규선, 밖으로 나가고 보이지 않는 곳까지 걷다가 엄마, 풀썩 쓰러진다.

암전.

6장

11월 중순, 아침. 엄마가 집안을 살핀다. 엄마가 매일 기도하던 마리아 상 앞으로 가 성호를 긋고 잠시 기도하는 엄마. 성경의 욥기를 편다.

엄마 주님께서 사탄에게 이르시길 "내가 그를 네 손에 맡기겠다. 다만 그의 목숨만은 남겨 두어라." 이에 사탄이 주님 앞에서 물러가서 욥을 쳐서 그의 발바닥에서 머리 꼭대기까지 고약한 부스럼이 나게 하였다. 욥이 잿더미 가운데 앉아서 질그릇 조각으로 몸을 긁고 있는데 그의 아내가 그에게 이르기를 당신은 아직도 당신의 그 흠 없는 마음을 굳게 지키려 하나요? 하느님을 저주하고 죽어 버려요." 그러자 욥이 그 여자에게 이르기를 "당신은 미련한 사람들처럼 말하는구려. 우리가 하느님에게서 좋은 것을 받는다면, 나쁜 것도 받아들여야 하지 않겠소?" 하며 이 모든 일을 당하고도 욥은 제 입술로 죄를 짓지 않았다. … 왜요?

사이. 성경책을 돌연 바닥으로 집어던지려다 다시 성경을 부여잡는다.

엄마 나라면 하느님께 호소하고 내 일을 하느님께 맡겨 드리겠네. 그분은 헤아릴 수 없이 큰 일을 이루시며 셀 수 없는 기적을 이루시며 비를 땅에 내리시고 물을 들에 보내시며 비천한 이들을 높은 곳에 올려놓으시니 슬퍼하는 이들이 큰 행복을 얻으리라.

이내 숨이 잦아드는 엄마.

엄마 보라. 하느님께서 꾸짖으시는 이는 얼마나 행복한가! 그러니 너는 전능하신 분의 훈계를 업신여기지 말지어다. 하느님께서는 아프게 하시지만 상처를 싸매 주시고 때리시지만 손수 치유해 주시니 여섯 가지 곤경에서 너를 구원하시며 일곱 가지 환난이라도 그 재앙이 너에게 미치지 않게 하시며 멸망이 닥친다 해도 두려워하지 아니할 것이라. … 두려워하지 아니할 것이라.

식구들이 엄마의 짐들을 모두 싸들고 마당으로 나온다.

엄마 가자, 병원으로.

암전.

7장

저녁. 비가 내린다. 상복을 입은 채 집으로 들어오는 식구들. 식탁에 모두 앉는다. 수지가 소리 내어 울기 시작한다.

종현 그만 울어.

재연이 수지를 의자에 앉힌다.
사이.

규선 (집안을 둘러보며) 참… 사람 사는 게 이렇게 허무해.

미영 … 사람들이 너무 많았어. 엄마가 하늘에서 보고 좋아했을 거야.

재연 엄마가 길러준 자식이 한둘이 아니니까.

수지 …

종현 장례 미사 치르는데… 주교님도 말씀하시다가 우니까… 다시는… 다시는 경험하고 싶지 않아.

미영 꿈같아. 아주 오랫동안 꿈을 꾸는 것 같아.

종현 (울먹이며) 나는 괜히… 나, 오고 나서 엄마 그렇게 된 건가 싶고…

재연 (안아주며) 그런 소리 하면 못 써. 누가 그래.

종현 엄마가 나 처음 왔을 때 안아주려고 했는데, 그때 왜 밀쳐냈을까. 무슨 생각에.

재연   …

종현   따뜻하게 한 번 안지도 못했어. 엄마 제대로 안아봤을 땐
      이미 몸이 비쩍 말라…

규선   종현아…

종현   엄마를 위해 해줄 수 있는 게 없었어. 형 누나가 간병할
      때, 내가 할 수 있는 건 집 청소밖에 없는 거야. 집 청소…
      집 청소 하는 것밖에 없었어.

미영   잘 했어. 엄마 다 아셔.

      정적이 흐른다.

규선   (무거운 분위기를 이겨내려고) 자, 밥들 챙겨 먹자. 건강해야 엄
      마도 하늘나라에서 보고 웃으실 거야.

재연   그래, 밥 먹을까?

미영   뭐라도 좀 먹자. 제대로 먹은 사람 아무도 없잖아.

우진   나 들어간다. 종현, 뭔 일 있음 나 불러.

종현   아, 응.

      우진이 일어나는데,

규선   야, 너만 힘든 거 아냐. 밥 먹고 가.

우진   이 새끼가 진짜 미친 건가?

규선   야, 넌 뭐가 그렇게 불만인데?

우진 (가슴팍 밀며) 불만? 지금 불만이라고 했냐?

규선 그래, 불만! 장례식 때부터 한 마디도 안 하고. 다른 조문객들 오셨는데, 나와 보지도 않고!

우진 너 같으면 나가고 싶겠냐?

규선 엄마 가시는 길 잘 모셔드릴 생각을 해. 그게 불효야.

우진 (멱살 쥐고) 엄마 살아생전에 제대로 챙기지도 못 한 놈이 장남이랍시고 꼴값 떨고 있는 거 보기 역겨워서 안 나갔다, 왜!

규선 살아생전? 너야말로 엄마 살아계실 때 수십 수백 번 사고 쳤으면서 혼자 잘난 척하지 마.

우진 너나 잘해. 지만 생각했지 엄마 아픈 걸 전혀 몰랐지? 응? 빠가새끼. 관심이 없으니까 모른 거야.

규선 관심이 왜 없어, 하루 종일 공부하느…

우진 공부, 공부! 응? 그거 하느라 옆에 아무것도 안 보고 지 살 길만 찾은 거잖아! 너는 엄마가 돌아가셔도 그놈의 수능이 중요하지? 공부에 돈 새끼. 미친 새끼. 네가 입양가고 좋은 대학 그런데 가봤자 넌 보육원 출신이야. 이 집을 벗어날 수가 없다고! 왜, 씨발. 눈깔 뒤집히게 공부해서 신분 세탁해보고 싶었냐? 그래봤자 우린 엄마 밑에서 자란 고아야, 이 새끼…

종현 형들 참아. 응? 규선이형.

규선 종현, 형들 얘기할 땐 빠져. 들어온 지 일년도 안 됐으면서 뭘 안다고.

우진　미친 새끼가 입양 가더니 진짜 돌았나, 우리 막둥이한테!

우진, 규선의 얼굴을 때린다. 주먹다짐을 하는 둘. 식구들, 말린다.

우진　(때리며) 엄마 살려내. 우리 엄마 살려내, 이 개새끼야!

규선　너만 슬퍼? 너만 슬프냐고!

종현　…

재연　그만들 좀 해, 진짜!

식구들 우진과 규선, 가까스로 떼어내면,

우진　저 새끼가 신분 세탁하러 가는 날, 엄마가 저 배신자 새끼 준다고 음식만 안 만들었어도 우리 엄마 일주일은 더 살았어. 엄마 그 뒤로 몸 더 안 좋아졌잖아. 봤잖아, 너네도?

규선　(해명하듯) 몇 번을 말해, 정말 몰랐다고! 아무도 얘기 안 해 줬어. 수능 다 끝나고 나서야 알았다고. (재연에게) 너는 왜 그걸 말을 안 해서 사람을…

재연　뭐야, 그게 왜 나 때문이야?

규선　(놀라) 아, 순간 흥분해서…

재연　그게 왜 나 때문인데?

규선　동갑이고, 집에 믿고 터놓고 얘기할 수 있는 식구 너밖에 없잖아. 가라며! 내 선택이 중요하다며!

재연　그런다고 진짜 가냐? 개새끼야?

규선 아… (말문이 막힌다) 나도 엄마 암이었던 거 알았으면, 절대 안 갔어.

재연 에라이, 등신아. 너 장례식장 와놓고는 나한테 뭐라 했어. 일이 이 지경이 될 동안 뭐했냐고?

규선 너네, 모든 걸 몰아서 날 매도하려 하지 마.

재연 또 생각났다. 너 내가 수능 전에 엄마 보러 한번 오라니까 뭐라고 했어. 못 온다며.

규선 그건 엄마가, 오면 죽여 버린다고…

우진 새끼야, 너 가고 나서 수지도 얼마나 침울해졌는지 알아? 응? 한참 질풍노도의 시기… 사춘기 겪고 있을 애한테 상처나 주고.

규선 무슨 상처를 줘.

우진 수지가 말이 좀 많냐? 그 시끄러운 애가 말수가 확 줄었어요. 다 네가 갑자기 입양 가 그런 거 아냐.

규선 그건 또 무슨 말이야.

사이.

수지 규선오빠 때문 아냐.

우진 뭐?

수지 오빠 때문이잖아.

우진 나?

수지 그래! 오빠가 나 괴롭히려 했던 애들 죄다 불러서 다 팼다며.

재연	뭐??
우진	// 뭐야, 분명 비밀로 하라 했는데.
수지	걔네들 얼굴 그렇게 묵사발 만들고 무슨 비밀이야.
미영	우리학교까지 소문 다 퍼졌어.
종현	(끄덕)
우진	그게 뭐?
수지	그 뒤로 사람들이 나 안 건드렸어. 너무 좋았지. 딱 일주일만. 나중엔 나랑 아무도 말 안 섞었어. 괜히 엮이지 말자고. 똥이 무서워서 피하냐고 더러워서 피한다면서. 말수가 왜 없어졌는데? 맨날 학교에서 혼자 있다가…
우진	뭐야, 누가 그랬어!
수지	오빠 때문에 모두가 그랬다고! 모두가 나한테! 쟤네 집 애들 건드리면 안 된다고. 보육원 애들 기세다고. 험하게 자라서.
재연	그게 무슨 말이야?
종현	맞아….
수지	(눈물이 차오른다) 집에 들어오면 엄마는 항암 부작용 때문에 밥도 못 먹고 말도 못 하고 방에 누워있어. 언니는 집안일 바쁘고 엄마는 규선오빠한테 숨기기 급급하고… 종현이랑 나는 막내니까. 엄마 스트레스 안 받게 조용히. 늘 조용히.
재연	말을 하지 그랬어.
수지	(격양되어) 우진오빠가 규선오빠한테 말해야 한다고 했을 때 언니가 뭐라 했는데. 기억도 못 하지?

재연	…
수지	소리 지르지 말고 조용히 좀 하라고. 엄마 듣겠다고 했어!
재연	그건, 엄마 스트레스 받으면…
종현	그만! 왜들 싸워? 왜들 이렇게 못 잡아먹어서 안달이야? 식구라며, 가족은 아니어도 같이 밥 먹는 식구라며! 이게 식구야? 전에 있던 곳이랑 다를 게 뭐야? 나이만 어려졌지, 그 원장이랑 다를 게 없어. 자기 맘에 안 들면 줘 패고, 때리고 욕하고. 제발 정신들 좀 차려, 진짜.

종현. 방으로 들어간다.
잠깐의 사이.

미영	그래, 우리 다 똑같아. 이제 와서 이런다고 뭐 엄마가 다시 돌아와? … 매일매일 묵주를 붙들며 기도하는 엄마를 보면서, '엄마는 무슨 기도를 그렇게 해?' 물어보니까 우리 기도를 한대. 나는 지금 우리 엄마 살려달라고 하고 있는데, 주님을 원망하고 있었는데, 엄마는 우리 걱정을 했대. 우리 이러는 거 하늘에서 엄마가 보면… 엄마가 안 좋아할 거야.

종현이 사각형 모양의 박스를 들고 들어온다.

종현	엄마가 나한테 장례 모두 마치면, 꺼내서 보라고 하셨어.

식구들   …

영상을 켠다. 수지의 일로 모두가 혼나던 때의 기록이 새겨져 있다.

엄마   (소리) 내가 너희한테 했던 말이 뭐냐. 식구들끼리 싸워도
된다, 싸울 수 있다 이거야. 근데 서로를 아무도 이해하려
고 안 했어. 맞지? 동의 못 하는 사람?

우진   (소리) 동의는 하는데 이 방법은 동의 못 해요. 응?

엄마   (소리) 그럼 잘못을 하지 말던가!

수지   (소리) 잘못했습니다.

재연   (소리) 아니, 엄마. 수지가 나한테 자꾸 구라치잖아.

미영   (소리) 내 생각엔 다 잘못했어.

규선   (소리) (우진에게) 얘는 좀 혼나야 돼. 평소에 내가 아무 말 안
했더니 기어올라.

우진   (소리) 어유, 끝까지. 씨.

규선   (소리) 어우, 공부해야 되는데 진짜.

엄마   (소리) 시끄러! 서로가 서로를 할퀴면 안 돼. 세상 살면서
서로 할퀴는 일이 얼마나 많은데. 다들 손들어!

미영   (소리) 엄마, 이거 진짜 유치합니다.

식구들   (소리) 아– 진짜!

엄마   (소리) 종현, 잘 봐둬. 그리고 형, 누나들 또 싸우면 이거 꼭
틀어줘라. 정신차리라고.

종현   (소리) 네? 아, 네.

식구들, 쭈뼛쭈뼛 손을 든다.

엄마   (소리) 어여! 따라해. 우리는 가족은 아니지만

식구들   우리는 가족은 아니지만

엄마   (소리) 한 식탁에서 밥을 먹는

식구들   한 식탁에서 밥을 먹는

엄마   (소리) 식구입니다.

식구들   식구입니다.

엄마   (소리) 할퀴지 않을게요.

식구들   할퀴지 않을게요.

엄마   (소리) 서로 안아!

종현   (소리) 서로 안아. 아, 죄송합니다.

엄마   어허, 빨리!

식구들, 눈에 눈물이 그렁그렁한 채 한 줄로 선다. 오디오의 소리가, 그리고 식구들의 반응이 지금 이 상황이 과거인지 현재인지, 현실인지 환상인지 구분 지을 수 없게 만든다.

식구들, 서로를 끌어안는다.

엄마   (소리) 아아, 이거 들리나? 장례 다 끝나면, 밥 먹어라. 냉장고에 데레사 수녀님께 부탁한 밥이 있을 것이다. 우하하하하. 뒤에 뭐게?

벽에 붙어있는 액자를 발견한다. 규선이 떠날 때 함께 찍었던 가족사진이다. 사진의 중간에 머리가 다 빠져버린 엄마가 활짝 웃고 있다.

사진을 한참 바라보는 식구들.

재연　　밥 먹자.

식구들, 냉장고에서 음식을 꺼내 식탁 위에 소박하게 차린다. 조용히 가위, 바위, 보를 한다. 종현이 지고, 식전기도를 읊는다.

종현　　주님, 은혜로이 내려주신 이 음식과 저희에게 강복하소서. 우리 주 그리스도를 통하여 비나이다.

막.

한국 희곡 명작선 130

벚꽃 피는 집

초판 1쇄 인쇄일   2022년 11월 1일
초판 1쇄 발행일   2022년 11월 7일

지 은 이   정민찬
만 든 이   이정옥
만 든 곳   평민사
          서울시 은평구 수색로 340 〈202호〉
          전화 : 02) 375-8571 / 팩스 : 02) 375-8573
          http://blog.naver.com/pyung1976
          이메일   pyung1976@naver.com
등록번호   25100-2015-000102호
ISBN   978-89-7115-072-6 04800
          978-89-7115-663-6 (set)
정   가   8,000원

이 책은 사단법인 한국극작가협회가 한국문화예술위원회의 2022년 제5회 극작엑스포
지원금을 받아 출간하였습니다.